Diwan

Eva Demski's Katzenbuch

Mit Zeichnungen
von Tomi Ungerer

Frankfurter
Verlagsanstalt

Die Zeichnungen von Tomi Ungerer
erscheinen mit freundlicher Genehmigung
des Künstlers und des
Diogenes Verlages in Zürich.

Erste Auflage 1992

Satz: Dörlemann-Satz, Lemförde
Druck & Bindung: Clausen & Bosse, Leck
Frontispiz: Photo von Uli Spiegel
Printed in Germany
ISBN 3-627-70001-5

Inhaltsverzeichnis

Inhaltsverzeichnis

Einfach als Katze

Da sagte die Feldmaus zur Stadtmaus: »Ich neide dir die guten Dinge nicht, die du alle Tage essen kannst. Bist du doch eingesperrt und lernst nicht die Freiheit auf den Feldern kennen. Ich will lieber wieder dahin zurückgehen, auch wenn ich hungern muß.« Wir haben Maus und Katze einander ähnlich gemacht. Wenigstens die freiheitsliebende Märchenmaus und die Katzen, die wir beobachten, wie sie sich in den steinernen, ordentlichen Dschungeln, die wir für uns gebaut haben, zurechtfinden.

Ein Bild: An einer Straßenbahnhaltestelle gibt es für die Wartenden nichts zu sehen, das ihnen das Warten verkürzen könnte. Da steht nur ein Wohnblock, unzählige Vierecke die Fenster, ein Raster, an dem nichts den Blick festhält, eine stillstehende Maschine, an der sich nichts bewegt. Doch: Acht Viereckreihen von unten herauf und sechs Vierecke von der Seite her gezählt, findet sich etwas, das die Blicke einfängt, alle Blicke derer, die auf die Bahn warten. Einer nach dem anderen legt den Kopf in den Nacken und schaut auf das einzig Lebendige inmitten Hunderter unbelebter Vierecke: Da ist etwas. Ein Hase? Ein Stofftier? Aber es bewegt sich, träge und anmutig, und ist eine Katze, Stockwerk acht, Appartement sechs, die aus dem Fenster schaut. Was sieht sie? Uns. Kein Anlaß zur Freude. Was sehen wir? Sie. Und es hat sich an der Öde ein bißchen was verändert, oder man empfindet die Öde um so deutlicher, weil etwas sie für kurze Zeit unterbrochen hat. Wie sie da oben wohl lebt, die Stadtmaus mit dem gutgefüllten Kühlschrank und den wenigen Vögeln, die manchmal an der Fassade entlangschweben, eine kurze Unterbrechung des Katzenblicks auf eine Außenwelt, die sie nicht kennt?

Großstadtkatzen leben in Wohnungen, manchmal im Freien. Da überqueren sie die Straßen und sitzen meditierend auf Gartenpfosten, da jammern sie hinter stets verschlossenen Fenstern den unerreichbaren Vögeln nach – sie ziehen unermüdlich Junge in Kellerlöchern und Abbruchhäusern groß und jagen Mäuse und Vögel ohne Unterschied, denn den machen nur die Menschen. Manchmal findet man eine von ihnen verletzt in einem Gebüsch, den Blick vor Angst und Mißtrauen dunkel. Und in den zweifelhaften Asylen der Tierliebe, den stets überfüllten »Heimen« am Stadtrand, sitzen sie dösend in ihren Boxen und hoffen auf nichts mehr, soweit wir fähig sind, in ihren Blicken zu lesen. Manche Menschen hassen sie und nennen sie im gleichen Atemzug mit Ungeziefer (das sind die gleichen Menschen, für die auch Tauben, Glühwürmchen, Nachtfalter und Maulwürfe Ungeziefer sind). Andere, meist alleinstehende Frauen, verfolgen die Abenteuerkatzen mit nimmermüder Liebe, fangen Schwangere ein und lassen sie sterilisieren, entmannen die streunenden Stadtkater, suchen Pflegeplätze und vermitteln Asyle und würden am liebsten jede einzelne, die da ihre eigenen Wege durch Tage und Nächte geht, einem geordneten bürgerlichen Leben zuführen. Diesen Frauen muß man wohl dankbar sein, und ihr soziales Gemüt wird nie davon verdunkelt werden, daß die vierfüßigen Ziele ihrer Wohltätigkeit es oft an Dankbarkeit fehlen lassen!

Die Städte würden ärmer ohne jene Tiere, die man »Kulturfolger« nennt – die Katze ist das, was heute Reh und Bussard, Amsel und Steinmarder sind, schon lange. Sie hat sich seit ein paar tausend Jahren mit dem Menschen arrangiert, sicher verwundert über das Maß an Zumutungen, zu dem Menschen sich und anderen gegenüber fähig sind.

Konnte er nicht einen gemütlichen Holzzaun dahin machen? fragt mich der mächtige, rotblonde Kater, der keinen Namen hat und alle paar Tage bei mir zum Essen auftaucht. Er meint den Stacheldrahtzaun, den ein um alles Mögliche besorgter Nachbar um seinen Garten gezogen hat.
Ein Zaun stört mich nicht besonders, sagt der Kater, das weißt du ja. Aber dieser ist ausgesprochen unangenehm und man ruiniert sich den Pelz, wenn man nicht aufpaßt.
Ich gebe ihm recht. Wer mag schon Stacheldraht? Später sehe ich den Rotblonden oben auf dem Garagendach in der Sonne sitzen und sich die Pfoten waschen. Er achtet sehr auf sein Äußeres, das tun sie alle, eine elegante, gutangezogene Gesellschaft. Wenn sich eine davon gehenläßt, struppig und trübe wird, kann man sicher sein, daß ihr etwas fehlt. Meist ist es in der Stadt nicht das Futter, da gibt es viele Plätze, die eine große Katzengesellschaft ernähren.
Es ist dir ja selber klar, was sie alles wegwerfen! sagt die ewig eilige Schwarzweiße, die

fast immer zur gleichen Zeit, morgens, gleichsam außer Atem im Vorgarten auftaucht, um nachzusehen, ob, wie immer, Futter dasteht. Noch in zehn Jahren würde sie sich nicht darauf verlassen. Sie frißt eilig, aber sie versichert mir, daß sie genügend Ersatzplätze kennt.

Nur Dosen kann ich nicht leiden, sagt sie. Unmengen von gutaussehenden Dosen liegen hinter dem Supermarkt. Aber wie soll man da drankommen? Da braucht man wieder einen von euch.

Es scheint sie zu ärgern, daß sie unsereinen doch braucht, manchmal wenigstens, als letzte Möglichkeit.

Ich gebe zu, sagt sie, als ich das mit der Bauchwunde hatte, warst du ganz praktisch. Aber in ein Auto gehe ich dir trotzdem nie wieder!

Es ist gar nicht einfach, ihnen zu helfen, wenn sie krank sind. Mit dem Sterben verschonen sie uns sowieso meistens und machen sich für ihre letzten Stunden unsichtbar.

Eigentlich hat unser mehr oder minder freiwilliges Katzen- und Menschenzusammenleben hier im Viertel mit einer skurrilen alten Dame angefangen. Sie lebte in einer heruntergekommenen, hübschen Villa, bewahrte beträchtliche Geldsummen im Brotkasten auf und hieß Liesel. Liesel hatte mehrere erfolgreiche Ehen hinter sich und weigerte sich, die zahlreichen Kater, die ihr zuliefen und durch ihre Freundlichkeit und das gute Futter auch seßhaft wurden, kastrieren zu lassen. Sie hielt das für eine Gemeinheit, und eigentlich hatte sie sicher recht, wenn man sich nicht plastisch vor Augen führt, wie viele Katzenkinder eine Katze und deren Kinder und Kindeskinder in diese unfreundliche Welt setzen können – dann greift man nämlich, wenn einem diese arithmetische Reihe klargeworden ist, zu den oben erwähnten ruppigen Methoden der Geburtenkontrolle.

Nicht so Liesel, und ihr Garten war im frühen Frühjahr Schau- oder besser Hörplatz weithin schallender Hochzeitsgesänge und im späten Frühjahr das von Storm so liebenswürdig-verzweifelt geschilderte »Wochenbettchen«. Nur weiß mit schwarzen Schwänzchen waren sie nicht alle, die aus Liesels anarchischer Katzenzucht, sondern rot und schwarz, schwarz-weiß und gestreift und gelegentlich ließen sich auch persische und siamesische Einflüsse sehen. Nachbarn erbarmten sich, nahmen die eine oder andere auf, der Tierschutzverein holte welche ab in ein ungewisses Schicksal, manche wurden überfahren, und gelegentlich fielen alle Jungen einer Seuche zum Opfer. Aber es wurden immer mehr.

Das war vor fünfzehn Jahren, und Liesel ist längst tot. Aber noch immer gibt es hier im Viertel eine zähe, kluge, im Stadtleben erfahrene Katzenbevölkerung, die sich von ihren Feinden ebenso vorsichtig fernhält wie von ihren Freunden. Sie sind so weise!

Man weiß bei euch nie, was euch in den Sinn kommt, sagt die alte Graue, die schon viele Kinder geboren und viele Menschen gesehen hat.

Euch überfällt immer so ein Ordnungsdrang, dann wollt ihr einem vier Wände einreden, die wir nicht wollen. Sei nicht böse, sagt sie, wenn ich mich nicht streicheln lasse. Ich habe an und für sich nichts gegen das Streicheln, im Gegenteil, es ist sehr angenehm, aber man weiß bei euch nicht, ob ihr einen nicht hoch nehmt und unversehens irgendwo hintragt und einsperrt!
Du tust so was vielleicht nicht! sagt sie tröstend. Und erinnere dich, als du mir die Hühnerreste hinausgestellt hast, bin ich stehengeblieben und habe mich mindestens fünf Minuten streicheln lassen!
Eine, sage ich.

Aber immerhin! antwortet sie. Du mußt zugeben, das ist schon ziemlich mutig! Ich gebe ihr recht. Ich hätte ihr auch gern gesagt, daß ich ihr seit einiger Zeit gewisse Pillen unters Futter mische, die dafür sorgen, daß der Strom kleiner Kätzchen versiegt. Aber sie würde mich nicht verstehen. Sie scheint mir sowieso verwirrt, weil sich in diesem Jahr nicht, wie in all den vergangenen Jahren, der Nachwuchs anmeldet. Das muß so sein, für sie, aber für uns eben nicht, ach, diese Unvereinbarkeiten!

Sie waren doch immer so niedlich! sagen die Nachbarn, die sich nicht um Impfungen und Lebensplätze und alles Mögliche kümmern, sondern sie nur angucken. Das Schönste, was man sich denken kann, so ein Wurf kleiner Kätzchen!

Einmal waren es neun, neun kleine schwarze Knäuel, eine schier untragbare Verantwortung, die man vergaß, wenn man ihnen zusah, wie sie zu dritt in einem alten Blumentopf schliefen oder von den dünnen Ästen des Flieders purzelten.

Sie waren der vollkommen schöne Anblick. Aber sie werden groß und brauchen einen Lebensraum, und viele von ihnen brauchen Menschen. Nicht alle: Die großen Einzelgänger gibt es auch, die einmal Enttäuschten, die »lonesome hunters« in den Städten. Was du nur erzählst! sagt meine Katze Lulu, deren ständiger Wohnsitz sich bei mir befindet, und putzt sich auf meinem Bett. Du romantisierst das Herumlungern. Es ist eine gefährliche Sache, das weißt du selber, und was ist schon eine Schnellstraße mit ein paar öden Vorgärten gegen ein Bett und eine Heizung? Natürlich ist mir auch deine Gesellschaft angenehm, sagt sie. Sie ist ein höfliches Tier, wie viele berufstätige Katzen, die gelernt haben, ihren Menschen vor den Düsternissen des Alltags und der Langeweile des Menschenlebens ein wenig in Schutz zu nehmen. Lulu dreht sich auf die andere Seite und schaut mich gleichmütig aus ihren zitronenfarbenen Augen an. Sie kommt aus dem Tierheim und spricht nie über ihre Vergangenheit.

Freiheit! sagt sie. Du verkennst völlig, was sie für uns bedeutet. Wärme und Essen bedeuten eben mehr! Und nur weil ihr mit euren Freiheitswünschen nicht zurechtkommt, übertragt ihr sie auf uns!
Aber ich traue ihr nicht, wenn sie so redet. Manchmal kommt sie nachts erst spät heim und weigert sich, das zu erklären.
Sperr mich nicht ein! sagt sie. Ich gehe nicht weit weg, aber sperr mich nicht ein! Vielleicht sitzt sie nur unter einem Busch ganz in der Nähe und horcht auf die Geräusche des nächtlichen Gartens. Wenn sie ihre und unsere Freiheit miteinander vergleicht, die kluge Katze, sieht die Sache schwierig aus. Sie verstehen halt mehr davon als wir und haben noch Erinnerungen, die uns längst fehlen. Wissen, wie ein Wald aussieht und ein Mäusebau, ein Dachsloch und ein bekletterbarer Apfelbaum. Alle wissen es, auch die, die außer dem Käfig in einer Tierhandlung und einer Zweieinhalbzimmerwohnung nichts kennen. Man sieht es ihren Blicken an, daß sie sich erinnern.

Wir haben selbst die Erinnerung zubetoniert. Oder wie sonst ist es zu erklären, daß wir ein Ensemble aus Autobahnausfahrten, Lärmschutzmauern, grüngestrichenen Möbelmärkten und Drahtzäunen für eine normale menschliche Umgebung zu halten in der Lage sind?

Braucht ihr uns am Ende dafür? fragt der glatte Schwarze mißtrauisch, den eine unermüdliche Feindschaft immer wieder in die Nähe der bei mir lebenden Katze Lulu treibt. Braucht ihr uns zum Anschauen? Du glotzt mich auch immer an, wenn ich in der Sonne auf meiner Lieblingsbrüstung schlafe.

Er schläft wie ein Stück Wäsche auf der Leine, seine vier Pfoten hängen von der schmalen Steinbrüstung herunter, seine Zunge ist ein winziges rosa Licht in seinem schwarzen Gesicht.

Es gibt nicht viel Besseres zum Anschauen, sage ich verlegen zu ihm.

Das ist euer Problem! antwortet er verärgert.

Er ist ein Scharlatan und Filou! sagt Lulu und weigert sich, aus dem Fenster zu sehen, solange er da ist. Du fällst bei unsereinem aber auch auf alles herein!

Ich gebe das zu. Wie soll ich nicht? Schließlich verwöhnen uns die Städte nicht mit dem Anblick anmutiger Gelassenheit und vollendeter Faulheit, die so lebenswichtig ist.

Eigentlich sollten die Stadttiere eins von ihnen in den Magistrat wählen können – ich bin sicher, ihre Entscheidungen wären auch für uns bekömmlich. Die Bäume der elf Eulen müßten stehenbleiben, die alten Fabriktürme, in denen der Falke sich eingerichtet hat, nicht jeder freie Quadratmeter, der jetzt von Robiniengebüsch und Goldrute überwuchert und ein Unterschlupf für Hamster und Meisen, Eidechsen und Igel ist, dürfte zugebaut werden. Die Tiere in der Stadt würden dafür sorgen, daß Räume offengelassen und Flächen geduldig an die Natur zurückgegeben werden. Geduldig: Das hieße, daß man die Erde in Ruhe ließe und sie mit der Bodendecker- und Zwergkieferöde verschonte.

Für so einen Magistratsposten wären die

Katzen geeignet. Sie haben außer uns keine Feinde. Sie haben sich von allen ihren animalischen Kollegen am klügsten mit dem steinernen Dschungel arrangiert. Und ihre Entschlüsse wären eben auch gut für uns.

Du bist schon wieder romantisch, sagt Lulu, es ist merkwürdig, wie schwer man das aus euch herausbekommt. Wie viele von den Katzenläden gibt es jetzt in der Stadt? Robiniengebüsch? Daß ich nicht lache!

Du hast ja recht, sage ich und denke seufzend an die bunten Wände im Großmarkt, Tausende von Dosen, auf denen eine Katze für Rinderleber und Thunfisch, Truthahn und Seelachsmahlzeiten wirbt.

Jedesmal meldet sich mein Hunger, sagt Lulu, wenn ich die Dose sehe. Und die, die sie da draufgedruckt haben – ich wüßte jemand besseren.

Dann denken die Käufer, man würde dick von dem Zeug, wenn du drauf wärst! sage ich respektlos. Aber sie ignoriert mich, das tut sie immer, wenn etwas sie stört.

Schließlich kennt sie ihre Aufgabe in der

Menschenwelt sehr genau: Sie macht das Alleinsein erträglich, so wie es fast vier Millionen ihrer Mitkatzen in der Bundesrepublik auch tun. Wenn es die Katzen in diesen kühlen, leistungsorientierten, betonierten Zeiten nicht gäbe, müßte man sie erfinden. Wahrscheinlich bräuchten wir ohne sie doppelt so viele Psychiater, wie wir eh schon haben. Daß die Katze dabei einige unserer Macken übernimmt, darf nicht verwundern.
Macken? sagt die Katze Lulu und setzt sich ordentlich hin, die Pfoten eng nebeneinander und den Schwanz säuberlich darum herumgelegt – Macken? Wovon redest du?
Ich rede von deiner Verfressenheit und deinen Ängsten, vor dem Staubwedel zum Beispiel. Und daß du mir in die Reisetasche gepinkelt hast, weil du nicht leiden kannst, wenn ich wegfahre!
Sie ignoriert mich wieder, und ich bereue meine Unhöflichkeit. Aber ich bestehe darauf: Wir bürden ihnen eine Menge auf, und ich bin mir nicht sicher, ob ein gefüllter Freßnapf und der Dreihundertmarkskletterbaum

das aufwiegen. Die Einsamkeit der Wohnungskatzen, ihre Blitzableiterfunktion bei allfälligen Launen ihrer »Besitzer«, die Wechselbäder zwischen Zärtlichkeitsanfällen und Gleichgültigkeit, die sich um die vornehme Zurückhaltung und Diskretion einer richtigen Katze nicht scheren – wenn wir noch aufmerksam wären für das, was wir tun, müßten wir Angst haben vor so viel Abhängigkeit, in die wir ein Lebewesen bringen können.

Abhängigkeit, sagt der Rotblonde, der schon seit einer Stunde auf einem Kissen im Garten liegt, das er sich vom Stuhl herunter auf den Boden gezogen hat.
Wer ist von wem abhängig? Unsereiner kann jederzeit seinen Unterhalt selbst verdienen!
Ich denke an den blutigen Amselflügel, den ich vor ein paar Tagen gefunden habe, und sage nichts. Was da kleingehackt und wohlriechend in den Dosen angeboten wird, ist so hübsch anonym, und wer denkt bei den bunten Bildern und schönen Namen daran, daß da auch tote Tiere drin sind? Aber der Rotblonde hat recht – er würde, wenn er nicht einem Auto zum Opfer fällt, nicht untergehen. Die Ratten und Stadtmäuse, die Mülltonnen und Schulbrote würden ihn am Leben halten, zäh und clever, wie er ist. Er gehört zu den Stadtkatern, die einen klugen Kompromiß geschlossen haben. Freiheit mit Komfort, drei oder vier Familien, die sich freuen, wenn er kommt, und die Dosen schon bereithalten. Jeder seiner Gastgeber

wähnt sich als alleiniger Bewohner des mutigen Katzenherzens, aber da irren sie sich. Einmal, sagt der Rotblonde nachdenklich, einmal ist mir das passiert mit der Liebe. Ein Ami war es, ein Junge. Er hat mich als kleines Katerchen gekauft, und wir haben zusammengelebt. Überallhin hat er mich mitgenommen. Eines Tages war er weg und ist nicht wiedergekommen. In die Wohnung sind andere Leute eingezogen. Er hat sich nicht einmal von mir verabschiedet. Ich sage dir, das passiert mir nie mehr! Sollen sie ruhig denken, daß ich nur zu ihnen komme – wenn einer von meinen jetzigen Leuten verschwindet, geh ich zum nächsten. Mir kannst du vom Leib bleiben mit der Treue. Ich bin doch kein Hund, dem du alles antun kannst. Er steht auf und geht, setzt über den häßlichen Zaun beim Nachbarn, und ich sehe ihn nicht mehr. Ja, er ist clever. Wenn nur die Autos nicht wären. Sie haben die Macht übernommen, und auch die cleverste Katze wird früher oder später ihr Opfer, wenn wir sie nicht schützen. Diejenigen, die sich ihre

Freiheit nicht beschneiden lassen, werden ein kürzeres Katzenleben haben.
Manchmal sieht man eine liegen, spät nachts, an den Straßenrand geschleudert. Ich denke dann daran, daß jemand wartet. Daß jemandem dieses kalte Bündel Fell vielleicht sehr wichtig gewesen ist. Die überfahrenen Tiere – das sind eben die Späne, die fallen, wo die Zivilisation den Hobel angesetzt hat.
Es ist doch nur eine Katze, sagte der Tierarzt. Davon gibt es doch genug! Wenn es ein wertvoller Hund wäre!
Die Katze, der dieses »nur« angeheftet wurde, war damals zu krank, um zu sagen, was sie dachte. Es war am Sonntag, Notdienst. Als es ihr besserging, war ich froh. Es war nicht eine Katze, es war diese Katze, unverwechselbar, unwiederholbar, unvergleichlich – wie jedes Lebewesen. Aber dieser tumbe Tierarzt hat eine weitverbreitete Meinung ausgesprochen – daß der »Wert« sich nach der Seltenheit des Vorkommens bemessen ließe. Die Katzen wären, ohne ihre große Fruchtbarkeit, wahrscheinlich schon im Mittelalter

ausgerottet worden. Aber sie kehren immer wieder, trotz Anfeindung, trotz Krankheiten, trotz veränderter, verriegelter Umgebung, sie passen sich an, aber immer mit einer Miene, als wollten sie sagen: Mein Gott, was habt ihr da wieder für einen Blödsinn ausgedacht! So soll man jetzt leben, mit diesen Aufzügen und Parkplätzen und abgesperrten Parks, mit den Motorradkavalkaden und Unterführungen? Na, es ist euer Problem – wenn's denn sein muß, machen wir das halt auch noch mit!

Und jetzt wäre es Zeit für die Wunder-Stadt-Katzen-Geschichten, zum Beispiel über jene Minou, die das Fahrstuhlfahren gelernt hat und anmutig in dem öden Vorraum des Hochhauses wartet, bis jemand ihr das Ding ruft. Oben angekommen, wird sie abgeholt, weil sie sich mit durchdringender Stimme bemerkbar macht. Jener Kater, der durch das Gewühl der Straßen seine Familie wiederfand, zwanzig Kilometer entfernt in einem ganz anderen Stadtteil – oft stehen diese erfolgreichen Fährtensucher in der Zeitung.

Was nicht dabeisteht, ist, daß eben jene rührend geliebte und gesuchte Familie den betreffenden Helden vorher einfach und schmählich ausgesetzt hat. Die Katzen, die aufs Klo gehen können und Kühlschranktüren öffnen, jene, die mit einem Papagei das Körbchen teilen oder Kinder aus brennenden Häusern retten, indem sie die Familie auf die Gefahr aufmerksam machen – alles Geschichten, alles wahre Geschichten.
Das kann jede, sagt Lulu. Warum sollte ich übrigens aufs Klo gehen? Da kann man nicht scharren! Und du kannst mir ruhig einen Papagei kaufen, sagt sie und sieht angeregt dabei aus.
Ich werde den Teufel tun, sage ich.
Das sind blöde Wundergeschichten, die du mir da vorgelesen hast, sagt sie. Das richtige Wunder ist doch: Wir sind ganz anders als ihr! Wir sind faul und schnell und leise und beharrlich, wir lieben Bäume und Wiesen! Wir hassen Lärm und Gestank! Und du wirst mich nie davon überzeugen, daß es schön ist, so, wie ihr lebt! Aber wir gehören

doch irgendwie zusammen, sagt sie nachdenklich. Deswegen habe ich dir auch in die Reisetasche gepinkelt!

Schon gut, sage ich und bin gerührt.

Sie wird alt werden, hoffe ich. Alle sollen alt werden, jene viel zu wenigen Jahre wenigstens voll erleben, die den Katzen zugemessen sind.

Das Zusammensein mit einer alten Katze ist ein großes Geschenk, man muß genauer hinhören, genauer hinschauen lernen. Sie verzeihen uns so viel und können uns so viel lehren: nicht als Kindersatz, nicht als Freundersatz, einfach als Katze.

Die Stadt hat das Katzen- und das Menschenleben aneinandergerückt, fast unwillkürlich, nicht ohne Probleme. Unsichtbare Verträge existieren: Wir sollten sie einhalten. Wir sind angepaßt genug an all euren Blödsinn, sagt Lulu. Jetzt ist es Zeit, daß Ihr euch an uns anpaßt. Du kannst auch mal nur schauen, anstatt immer zu telefonieren! Leg dich mal auf den Boden und renn nicht dauernd herum.

Was willst du mir denn beibringen? frage ich.
Faulheit, sagt sie. Und Geduld. Und schaut mich aus ihren Göttinnenaugen an, faul und geduldig.

Aus meiner Katze
ist die Mordlust gewichen
Jetzt ist sie alt.
Tupft zärtlich neben die Fliege
winkt mit der Pfote
den Vögeln Adieu.
Wenn sie denkt, daß ich nicht hinschaue
zittert sie mit dem Kinn
Spricht sehnsuchtsvoll
Wörtchen der Erinnerung
an glorreiche Jagden von einst.
Manchmal liegen Federn im Garten.
Sie sieht sie an, lang.
Das war ich nicht, sagt sie
zu mir.

Oktober 1983

Emma

Sie trug schwarze Strümpfe und ging, hochmütig trippelnd, auf sehr kleinen Füßchen ihre eigenen Wege. Ihre Augen waren veilchenblau (sagten alle, aber in Wirklichkeit heißt die Farbe ultramarin), sie schielte ein wenig, was ihr einen erstaunten und etwas weltfremden Ausdruck verlieh. Wenn man sie streichelte, wölbte sie den Rücken, stellte den Schwanz hoch und bog sich s-förmig. Es konnte geschehen, daß sie gleich darauf zubiß. Wenn ihr dagegen etwas nicht paßte, ließ sie ihre mächtige, klagende Stimme hören, aber gleich darauf schnurrte sie, nur so, aus Laune. Sie hieß Emma, und selten hat ein Lebewesen einen unpassenderen Namen getragen. Denn sie war so aristokratisch, wie nur eine Siamesin es sein kann, und zu ihrem Pech kam sie gerade dann in die Welt, als das Aristokratische nicht gefragt war, ja, auf Haß und Ablehnung allenthalben stieß. Das kommt ja immer wieder vor, aber gewisse Formen edler Abkunft halten sich in solchen Zeiten irgendwo verborgen und kommen wieder ans Licht, wenn die Gesellschaft Sehnsucht nach ihnen bekommt. Gerade aber als Emma jung war und einen Namen brauchte, hatte sich alles, was an Adel erinnerte, lautlos zurückge-

zogen, und alle Frankfurter Katzen hießen Mao oder Rosa, Lenin oder Clara, und sowohl Sträfling als auch Molocock waren beifällig aufgenommene Namen. So kam diese anachronistische, langnasige Schönheit zu dem Namen Emma, unwillentlich die große anarchistische Revolutionärin ehrend, die in ihrem bewegten Leben auch bereit war, der Prostitution zu obliegen, um Geld in die leeren Kassen der Revolution zu bringen. Es wurde nichts daraus, konstatierte die wahre Emma kühl. Sie sei wohl zu häßlich gewesen. Gerade das konnte man nun der anderen, kapriziösen und eleganten Emma nicht vorwerfen, sie war im Gegenteil viel zu schön für solch harte, revolutionäre Zeiten wie die, in die sie hineingeraten war und die ihr den rauhen Namen eingebracht hatten. Mit der Schönheit damals war's wie mit dem Adel: In höchstem Maße verdächtig, wurde sie, wenn vorhanden, gleichsam verschämt getragen, und es wurde ihrer nicht geachtet. Arme Emma! Von alldem hatte sie keine Ahnung, aber auch das ihr angebotene Essen war von fortschrittlicher Schlichtheit, denn bei der Lage in der dritten Welt war das Durchfüttern einer Katze ideologisch gar nicht leicht zu begründen. Emma mochte das alles nicht, den Namen und das Futter, und immer öfter verschwand sie in geheimnisvolle Fernen, erst für Stunden, schließlich für Tage. Gelegentlich begegnete man ihr in weit entfernten Straßen, vornehm schielend und mit höflich hochgewölbtem Buckel. Rief man sie bei ihrem Namen, zeigte ihre Miene, daß sie wohl verstanden habe, dieser barsche, zweisilbige Laut gelte ihr: daß sie aber nicht gesonnen sei, durch Näherkommen diesen Namen wirklich zu akzeptieren. Sie verschwand immer öfter, immer länger. Die Besitzer – wenn denn eine Katze so etwas überhaupt haben kann – fanden sie eines Tages im Schaufenster eines kleinen Friseurladens. Sie lag in einem Korb mit blauen Seidenkissen, die zu ihrer Augenfarbe paßten. Über der Tür des kleinen Friseurgeschäfts stand »Coiffeur«, und eine blonde Dame schien über die angemeldeten Besitzansprüche höchst unglücklich. Die ruhig daliegende Emma zeigte, daß sie ihrerseits längst entschieden habe. »Am liebsten frißt sie Shrimps und Vanilleeis!« sagte die Herrin des Friseurladens. Emma schielte zustimmend. »Wie heißt sie denn übrigens? Wir nennen sie nämlich Minouche.«

Das Märchen vom Kater mit der goldenen Pfote

Eines Tages spazierte eine gestreifte Katze in den Garten des Tierheims am Rand der Stadt. Zwar gab es genau zweiundvierzig gestreifte Katzen in diesem Tierheim, aber diese neue, dreiundvierzigste Katze fiel der Tierheimdame sofort auf. Sie schwankte unter der Last ihres Bauches wie ein Maulesel unter seinen Körben, und sie war längs gestreift. Längsgestreift wie eine Melone oder ein junges Wildschwein, und kurz vor der Niederkunft. Die Tierheimdame setzte sich auf den großen Brekkiesack, schlug die Hände vors Gesicht und sagte zu einem alten Kater, der sich in respektvollem Abstand von der Neuen (man weiß ja, wie launenhaft Schwangere sind) neben die Tierheimdame gesetzt hatte: »Das werden mindestens sieben Stück.« »Gra-hau!« sagte die längsgestreifte Katze und setzte sich auf den Sandweg, um sich die Pfoten zu lecken, die etwas aufgeschürft waren, weil man sie aus einem langsam fahrenden Auto direkt vor das Tierheimtor gestoßen hatte. Das Auto war längst davon, und wir wollen keinen Gedanken mehr daran verschwenden, denn auch die Tierheimdame hatte gelernt, die Dinge zu nehmen, wie sie kamen, und zerbrach sich schon lange nicht mehr den Kopf über die Ratschlüsse der Menschen.

Es wird nun in unserer Geschichte Zeit, allen mitspielenden Seelen auch einen Namen zu geben, oder besser: ihre Namen zu verraten, denn sie hatten ja alle schon einen, bevor wir durch die Tür dieser Geschichte mitten ins Tierheim gekommen sind. Die längsgestreifte Katze hatte sich, als sie in einem Kosmetikkoffer von der Insel Malta in die Stadt unserer Geschichte reiste, an den Namen »Souvenir« gewöhnt. Damals war sie winzig, niedlich und ganz und gar nicht schwanger gewesen. Souvenir wurde erst geliebt, dann geduldet, dann lästig – es ist eine alte Geschichte, und nicht nur die dreiundvierzig Gestreiften, sondern auch die sechsundsiebzig Andersfarbigen, die Hunde, einäugigen Gänse und Zwergkaninchen hatten sie erlebt.

Die Tierheimdame hieß Lisa Katz. »Und ich kenne jeden dummen Witz über meinen Namen, den es gibt. Sie brauchen sich gar nicht anzustrengen!« pflegte sie zu sagen, wenn sie sich vorstellte. Sie stellte sich allerdings selten vor, denn Menschen waren es ihr meistens nicht wert, und bei den Viechern tat es nicht not.

Der alte Kater hieß Kunzelmann und war eine Hinterlassenschaft aus einer sogenannten WG, deren Mitglieder entweder in die Jahre, in Beamtenstellen oder in den Knast gekommen waren. Kunzelmanns Namengeber saß im Knast und schrieb seinem Kater von dort Karten, die Lisa Katz ihm vorlas. Vielleicht war Kunzelmann deshalb so ausgeglichenen Gemüts. Zu ihnen gesellte sich jetzt noch ein hübscher Dackel, den seine Züchter wegen der Fehlfarbe (wie sie es

nannten) hatten einschläfern lassen wollen. »Dies ist ein Hund«, soll Lisa Katz damals geäußert haben, »und keine Zigarre.« Die Fehlfarbe des Dackels Zigarre wuchs sich zu einem ungewöhnlich schönen rötlichen Grau aus, eigentlich war er rosa, in einem bestimmten abendlichen Licht.
Zigarre und Kunzelmann waren Lisas eigene Tiere, für die sie keinen anderen Platz haben wollte als eben das Tierheim. Noch immer saß also die neue, schwer schwangere Katze auf dem Weg, leckte sich die Pfoten und verbarg, daß auch sie einen Namen hatte. Lisa stand auf und holte einen Korb. Hinter dem Rücken versteckte sie, als sie wiederkam, ein Fläschchen Chloroform. Kunzelmann kannte dieses Fläschchen und wußte, wieviel kleine, unverwechselbare und völlig einmalige Katzenseelen mit seiner düsteren, aber sanften Kraft wieder dahin zurückbefördert worden waren, wo sie herkamen und wo, nach Kunzelmanns Meinung, die Verantwortlichen für das Übermaß an kleinen Kätzchen saßen. Der Kater haßte das Fläsch-

chen und erinnerte sich dunkel daran, daß er vor langer Zeit (vor irgendeiner ihm unbegreiflichen Veränderung) das gleiche Problem damit zu lösen pflegte, indem er seine Brut einfach auffraß. Auch das erschien ihm aus der Weisheit seines Alters (und wegen der Veränderung) jetzt etwas barbarisch, aber immer noch besser als das verdammte Fläschchen. Auch Lisa liebte das Fläschchen keineswegs. Es war nur oft die einzige Lösung, und wie einen Spruch, der sich nicht entscheiden kann, ob er ein Segen sein will oder ein Fluch, murmelte sie, wenn sie das stinkende Zeug auf den Wattebausch träu-

felte und die energisch zappelnden, blinden Fellbündelchen in die vorbereitete Schachtel setzte: »Es bleibt euch viel erspart!« Aber wer kann das wissen? Und wer ist so anmaßend, diesen Satz laut zu sagen angesichts eines Wurfs lebenssüchtig quiekender Kätzchen? Lisa Katz war nicht glücklich. Indessen entschloß sich die längsgestreifte Katze Souvenir, niederzukommen, mied sorgfältig den dafür bereitgestellten Korb und gebar im Wäscheschrank, dessen Tür sie in geduldiger Arbeit aufgehebelt hatte, auf einem Stapel gebügelter Kopfkissen genau sieben Junge. Zigarre hätte Lisa sagen können, wo die Neue sich versteckt hatte, aber zwei Tage tat er, als sei seine Nase verstopft. Keiner brauchte was aus dem Wäscheschrank. Auch Kunzelmann hielt dicht, und die anderen Katzen blieben in ihren Gehegen, auf ihren Baumstümpfen und in ihren Häuschen und schauten aus halbgeschlossenen Augen den Weg entlang, ob nicht einer käme, der sie mitnähme. Als Souvenirs Wochenbett endlich entdeckt wurde, hatten die sieben schon

Pelz, und Lisa sagte ihren ebenfalls oft gesprochenen Satz Nummer zwei für solche Fälle: »Jetzt kann ich es wirklich nicht mehr. Außerdem sind die so schön, die werden wir los, was, Zigarre?« Und der rosa Dackel Zigarre sah zustimmend drein, obwohl es für seinen Geschmack genug Katzen auf der Welt gab, eher wirklich ein paar zuviel. Aber einer jungen Mutter, das wußte er, kann man mit noch so klugen Gedanken über Geburtenkontrolle und Überbevölkerung keine Freude machen. Also behielt er sie für sich. Lisa pflückte entzückt ein Kätzchen nach dem anderen von den gebügelten Kopfkissen und setzte sie in den Korb, was Souvenir gnädig gestattete. Jedes ihrer Kinder hatte eine andere Farbe: Längsgestreift, quergestreift, schwarz, rot, dreifarbig gescheckt (ein Mädchen), mausgrau (doch!) – und als letztes kam ein weißes zum Vorschein, das eine goldene Vorderpfote hatte. Es war die linke, und erfahrene Kater wie Kunzelmann, der sich den Nachwuchs betrachtete, wußten: Mit einem solchen Kater hat der Katzengott Besonderes vor. »Wer hätte gedacht«, sagte Kunzelmann zu Zigarre, »daß wir selber mal so einen zu sehen bekommen. In unserer Familie ist oft davon erzählt worden, mein Ururururgroßvater kannte eine Kätzin, die mal einen Goldpfotigen gesehen haben soll – und jetzt haben wir einen im Nest!« »Sind das immer Kater, die mit der goldenen Pfote?« fragte Zigarre, dem die Mythen fremder Völker nicht so vertraut waren. »Es wird so erzählt!« sagte Kunzelmann mit der Überheblichkeit aller Katzen, mit jener Überheblichkeit, die selbst der zerrupfteste Straßenkater dem feinsten Reicherleutshund entgegenbringt. Zigarre war das gewöhnt, und da er ein gescheiter Hund war, amüsierte er sich und knurrte nicht. Er fragte auch nicht nach, was denn ein Kater mit einer goldenen Pfote Besonderes könne, denn die Frage hätte Kunzelmann in Verlegenheit gebracht.

Gerade jetzt sagte Lisa Katz, die das vielfarbige Gewusel im Korb liebevoll betrachtete, zu den Tieren: »Also das weiße finde ich besonders hübsch. Schade, daß es diese gelbe Pfote hat!« Kunzelmanns Pupillen wurden schwarz und rund vor Verachtung, dann gähnte er und begann, sich die Pfoten zu waschen. »Menschen!« dachte er. »Du lieber Gott.« Und in der nächsten Zeit taten die Kätzchen, was Kätzchen eben tun, nuckeln, piepsen und um den besten Platz kämpfen, schlafen, aufwachen und sich waschen lassen. Souvenir wußte um die Besonderheit ihres Sohnes. Sie betrachtete ihn mit der melancholischen und wilden Liebe aller Katzenmütter, die genau wissen, daß schon nach ein paar Monaten ihre Kinder fremde Katzen sein würden. »Dieser nicht!« dachte sie und wusch ihm sorgfältig die goldene Pfote. Und so verhält es sich seit alters her mit den Goldpfotigen: Sie können Käfige öffnen. Sie können aus welken Blättern Mäuse werden lassen. Milch fließt plötzlich in Regenpfützen, und der Mensch, dem ein Goldpfotiger einmal die Tatze aufs Knie gelegt hat, ist – mag er Katzen vorher gehaßt haben wie besessen – ihnen auf immer verfallen.

Wenn das so ist, werden die Eingeweihten jetzt sagen, haben alle Katzen eine goldene Vorderpfote!
Sehen wir weiter. Die Kätzchen wuchsen, aber der einzige, dem Lisa einen Namen gegeben hatte, war der Weiße. Sie nannte ihn Tatze, und so wollen wir ihn auch nennen. Die Geschichte seiner sechs Geschwister ist bald erzählt. Sie machten eine schöne Karriere beim Fernsehen in einem Pausenfilm. Der Aufnahmeleiter hatte nur sechs Darsteller haben wollen. Er liebte nämlich nur gerade Zahlen und sagte, weiß käme nicht so gut, auch verderbe die komische gelbe Pfote den Eindruck.
Siebentausenddreihundertzweiundfünfzig Leute riefen beim Sender an, als der Pausenfilm zum erstenmal gelaufen war, alle wollten ein Kätzchen haben oder auch zwei, Fernsehkätzchen, und in den Zeitungen wurde die mürrische Lisa gezwungen, die Geschichte dieses Wurfs zu erzählen. Im Tierheim war für kurze Zeit ein Betrieb wie im Kaufhaus, Lisa nahm die Kandidaten für ein Kätzchen

so mißtrauisch unter die Lupe, als gelte es, Geheimdienstoffiziere auszuwählen. Zum Schluß wurden Souvenirs bunte Kinder (die ihr in den letzten Wochen schon ein bißchen lästig geworden waren) paarweise zu sehr vertrauenswürdigen Leuten gegeben und konnten sich fast allabendlich im Fernsehen bewundern.

Tatze aber blieb im Tierheim, von seiner Mutter zwanzigmal am Tag schneeweiß geputzt und von Kunzelmann respektvoll in den nötigsten Katerkünsten unterwiesen. Viel hatte der selbsternannte Lehrer nicht zu tun, weil Tatze eigentlich alles schon konnte. Er war ein Kater von sanfter und verschmitzter Wesensart, und es wäre sicher leicht gewesen, auch für ihn einen bürgerlichen, angenehmen Platz zu finden. Aber Lisa Katz mochte sich nicht von ihm trennen und redete sich ein, sie behalte ihn unwillig und nur als Gespielen für den alten Kater Kunzelmann. Die gelbe Pfote störte sie jetzt nicht mehr. »Sie hat sicher einen Sinn!« sagte sie zu Kunzelmann, »einfarbig weiße Katzen sind oft taub.« »Menschen«, dachte Kunzelmann, »ach du lieber Gott!« Er setzte sich hin und wusch sich die Pfoten. Tatze tat es ihm nach und sah aus dunkelgrünen Augen einem kleinen Mädchen zu, das zwei ruppige, große Hunde aus dem Zwinger holte, um sie spazierenzuführen. Sie blieb vor Tatze stehen, während die Hunde leise wie Welpen fiepten und ihre Schwänze starr nach unten hielten. »Seht mal, ihr großen Trampel!« sagte das kleine Mädchen zu den Hunden, »der Kater hat eine goldene Pfote! Fürchtet ihr euch deswegen vor ihm?« Sie lachte und zog die widerstrebenden Hunde weiter.

»Das eine mußt du dir merken«, sagte indessen Kunzelmann zu Tatze, »mit den Menschen mag intellektuell nicht viel los sein – aber ihre Jungen sollte man nicht unterschätzen! Es ist die einzige Spezies, die gescheit auf die Welt kommt und danach immer dümmer wird. Ich habe früher wissenschaftlich darüber gearbeitet!« Tatze nickte und lächelte.

Es war eine gewisse Aufregung an diesem

Tag im Tierheim, weil Lisa ihre alljährliche Reise vorbereitete. Lisa war schon seit ein paar Jahren Anfang vierzig, eine undefinierbar aussehende Person mit irgendeiner Figur, die sie in graue Pullover und blaue Hosen mit Gummistiefeln zu verpacken pflegte. Sie liebte die Tiere, die ihr anvertraut waren, und wurde mit den Jahren so misanthropisch, wie man es halt in Tierheimen wird. Deshalb

fuhr sie jedes Jahr zu den Bayreuther Festspielen. Dort badete sie ihre Seele, trug jeden Abend ein anderes Abendkleid und den gewaltigen Schmuck ihrer Großmutter. Aus ihrem Mausedutt wurde unter den Händen des Bayreuther Friseurs (jetzt hieß er Hairstylist, aber er besaß vier etwas mottenzerfressene Perserkatzen, die alle schon über sechzehn waren, und liebte Lisa sehr) eine fuchsfarbene Wolke. Dann schminkte sie sich zwei Stunden lang und nahm eine dunkle Brille mit, wenn der *Tristan* auf dem Programm stand. Zudem hatte sie eine etwas pathetische und sehr leidenschaftliche Affäre mit einem französischen Oboisten, den sie nur dort sah. Einmal im Jahr mußte sie das haben, und am vorletzten Abend begann sie sich, vom Oboistenabschied noch ganz weich und verheult, auf die Viecher zu freuen.

Diese Reise nun bereitete Lisa vor, und die ernsten Schulmädchen und Veterinärmedizinstudenten, die ihr halfen, mußten ein Maschinengewehrfeuer von Vorschriften, Beschimpfungen und Rezepten über sich ergehen lassen. An jeder Wand klebten Zettelchen mit rätselhaften Mitteilungen wie *»Sonntags Pille für Charlie«* oder *»Daniel nicht kämmen!«* Ihre Helfer waren daran gewöhnt, Mensch und Vieh wartete ergeben darauf, daß Lisa sich auf ihre notwendige Reise begab.

Alles beruhigte sich, nachdem ein Taxi die bis zur Unkenntlichkeit verkleidete Lisa abgeholt hatte. Und schon in der ersten Nacht verschwanden sämtliche Hunde und Katzen aus dem Tierheim. Nicht Zigarre, Kunzelmann und Tatze: Sie waren in Lisas Wohnung geblieben; Tatze war nachts aufgewacht und unruhig geworden. Lisas junge Helfer standen am nächsten Morgen vor den aufgebrochenen Zwingern und dem leeren Katzenhaus. Nachdem sie zwanzig Minuten geheult hatten, holten sie die Polizei.

Bisher hatte der Kater mit der goldenen Pfote nicht auszuprobieren brauchen, was er alles konnte. Ja, ihm waren seine wunderbaren Fähigkeiten sorgfältig verhehlt worden,

denn Kunzelmann befürchtete, daß Tatze die Nase zu hoch tragen würde, wenn man ihm zu früh sagte, daß er ein Erwählter sei. Jetzt aber war die Situation gekommen, denn Kunzelmann hatte (das lag an seiner politischen Vergangenheit) kein Vertrauen zur Polizei.
»Also, mein Junge«, begann Kunzelmann seine Rede, alle langweiligen Reden von Erziehungsberechtigten fangen so an, und alle Kinder kriegen den gleichen Gesichtsausdruck und sagen »Oh nein, Papa!« mit einem schrecklich belästigten Unterton. So war es auch bei Tatze: »Oh nein, Kunzelmann!« sagte er, denn er wußte alles, was der ihm sagen wollte, schon längst und hatte sich nur aus Höflichkeit nichts anmerken lassen. »Ich finde sie. Ich hol' sie zurück, allesamt!« Wo man suchen mußte, war jedem Tier in der ganzen Stadt nur zu klar. Der Tierhändler hieß Sense, und wenn man ihm sein finsteres Geschäft zögernd und halbherzig verboten hatte, dann machte eben seine Frau weiter oder sein Schwiegersohn, der schon Karrieren als Barschlepper, Fleischschieber und

Spielhallenrausschmeißer hinter sich hatte. Der Handel mit dem lebenden Fleisch aber war der einträglichste. Sie saßen in einem Fabrikgelände weit draußen vor der Stadt, und Lisa wurde bleich, wenn sie Senses Namen hörte. Abnehmer für die verängstigten, drogenbetäubten und verzweifelten Hunde und Katzen waren die weißen Firmen und Labors in der Stadt, in denen hinter dicken Mauern und höflich lügenden Pressesprechern Schreckliches geschah. Das Tierheim hatten die ausgesandten Diebe des Händlers schon lang im Visier, und sie waren auch informiert von Lisas alljährlicher Reise.

Was für eine miese Truppe das war, ein feiger, schwarzer Haufen von besoffenen Schmierenschauspielern und arbeitslosen Metzgern, ein armseliger Trupp, der das Sonnenlicht scheute und sein Elend in Lambruscoflaschen versenkte. Die meisten von ihnen hatten selbst ein Tier, einen Gefährten unter den Kaufhauseingängen, auf ihren stinkenden, alten Matratzen. Auch die hatten sie abgeben sollen, hatten es nicht getan und mußten sich allnächtlich betrinken, weil sie ihnen nicht mehr in die Augen sehen konnten.

Das war ein Coup! Ein ganzes Tierheim voll Material, selbst den einäugigen Ganter hatten sie mitnehmen wollen. Der schämte sich, weil er nur heiser gewarnt hatte – schließlich war damals in Rom nicht so ein verdammter Nebel, dachte er –, aber einen der Gangster hatte er noch beißen können. Er war es auch, der Tatze sagte, wie viele es waren und welchen Weg sie eingeschlagen hatten, nachdem der Kater Lisas wohlverschlossene Wohnungstür mit einem sanften Pfotenstups geöffnet hatte.

Es war keine Zeit zu verlieren, und so stellte Tatze sich an die Straße und hielt seine goldene Pfote in die Höhe. Fast sofort, wie in amerikanischen Filmen, hielt einer, ein dunkler Motorradfahrer, der wahrscheinlich ein verkleideter Engel war. (Seit Cocteau tragen fast alle jüngeren Engel Motorraddress, im Himmel wechselt die Mode nämlich nur alle tausend Jahre.) »Hopp!« sagte der Motorradfahrer zu dem Kater, der sich ihm um den Hals wickelte. Dann gab der Dunkle Gas, und nach kurzer Zeit tauchten die schwarzen Fabrikgebäude vor Tatze auf. »Brauchst du Hilfe?« fragte der Motorradfahrer. »Ich werde sie haben!« antwortete Tatze.

Er roch die Angst, seine Ohren legten sich unter dem Gewicht der Schreie flach nach hinten, und seine rosa Lippen gaben zwei schöne, dreieckige Reißzähne frei. Es waren unhörbare Schreie, denn die meisten Tiere dämmerten vor sich hin, giftbenebelt und dumpf. Die aus dem Tierheim waren unruhiger als die anderen, und Tatze wußte, daß sie alle da waren, alle. Den Rest der Nacht verbrachte er damit, einen Käfig nach dem anderen zu berühren und auf die Befreiten einzureden, erst beruhigend, dann revolutionär, eine Reihenfolge, die manchmal erfolgreicher ist als die umgekehrte. Spät fand er einen Panther in einer Kiste, der sich die Pfoten blutig gekämpft hatte und nun auf der Seite lag, in die Apathie geflohen, jenen einzigen wirklichen Zufluchtsort der Tiere.

Tatze sprach mit ihm besonders lange und legte seine goldene Pfote kurz auf die Wunden des Panthers, die sofort verschwanden. Der Panther hörte zu. Dann lächelte er ein schönes und bedrohliches Lächeln. »Freßt nichts mehr von dem vergifteten Drogenzeug!« befahl Tatze, und mehr als vierhundert Ohren wandten sich seiner Stimme zu. Dann warteten sie, das Licht in der Halle wurde grau. Sie warteten stumm, fast unbeweglich, und nur Tatze hörte das Summen, wie es von angespannten Muskeln kommt. Gegen neun öffnete Sense das Tor, in jeder Hand einen stinkenden Eimer, in die er irgendwelche bösen Tränke gerührt hatte. Er setzte die Eimer ab, wischte sich über sein bierschwitzendes Gesicht und rülpste. Tatze stand unbeweglich hinter der Tür, das Summen wurde sehr laut. Dann sprang der Panther. Ein großer, apathischer Rottweiler ging ihm zur Pfote. Es dauerte ziemlich lange, bis Sense einsah, daß seine Schreie nutzlos waren, weil seine Kumpane und seine finstere Familie noch im tiefen Schnapsschlaf lagen.

Es dauerte ziemlich lange, bis jedes Tier an ihm getan hatte, wie es wollte. Irgendwann fuhr seine schwarze Seele zur Hölle, und als seine Spießgesellen fanden, was von ihm übrig war, entsannen sie sich an Gebetsreste aus ihrer Kindheit. Sie hatten Angst, verrückt zu werden. Die Kripo war hilflos, denn alle Tiere saßen ruhig in ihren verschlossenen Käfigen, bis auf einen kleinen, weißen Kater mit einer gelben Pfote. »Na, du?« sagte ein Polizist und sah den Kater an, um nicht auf das Ding unter der Pferdedecke schauen zu müssen. Der Kater Tatze legte dem Polizi-

sten seine goldene Pfote aufs Ohr, es kitzelte. Nach fünf Minuten sagte der Polizist zu den anderen Polizisten, während er das Gemurmel des Polizeiarztes überhörte: »Es mag gewesen sein, wie es will, die Viecher können nichts dafür. Wir sollten Lisa Katz vom Tierheim holen, damit sie sich kümmert.« Und Lisa Katz kam tatsächlich! Plötzlich, im *Lohengrin*, war sie so unruhig geworden wie noch nie. Sie kam, Tatze legte ihr seine Pfote aufs Ohr, und sie sagte nach fünf Minuten: »Diese Geschichte übernehme jetzt ich.« Und weil sie nicht gestorben sind, leben sie noch heute.

An Lulu

Wärm mir meinen kalten bauch
altes katzenluder
über meine füße auch
leg dein pelzgepluder
schnarch dein lied in meine ohrn
sing mir was vom leben
denn ich wünsch mich nie geborn
ach die jahre kleben
mir so schwarz wie pech im mund
schwarz wie du du katze
ich lieg ohne daseinsgrund
müd auf der matratze
tröste mich leg dich zu mir
du verfressne freude
wieder mal mein katzentier
sonntag für uns beide

Oktober 1991

Nathan oder Der verlorene Sohn

Es sollen drei Millionen sein in der Bundesrepublik. Drei Millionen, ein Wirtschaftsfaktor und Verkehrsrisiko, Therapieersatz für Einsame, Kind-Ersatz, Gefangene der Zivilisation. Weil sie so frei sind, würden sie gehalten, sagen viele Katzenbesitzer. Es sei schön, ihnen zuzusehen, ihren Bewegungen mit den Augen zu folgen, von ihrem königlichen Schlaf zu lernen. Frei sind sie und stolz als Betreuer von ganztägig arbeitenden alleinstehenden Frauen, stolz und frei für ein paar abendliche Stunden und regelmäßiges Futter in einer Zweieinhalbzimmerwohnung mit einem Kratzbaum.

Die Wege der Katze zum Menschen waren ganz andere als die des Hundes. Der schwierige Begriff der Brauchbarkeit muß neu erläutert, neu definiert werden, denn der Nut-

zen eines Tieres wird oft in den Vordergrund geschoben, wo es in Wirklichkeit um tiefliegende Gefühlsreste des Menschen geht, die nach Erfüllung und Entladung drängen. In der heutigen Zeit ist das ganz einfach, scheinbar, und die Frage stellt sich gar nicht mehr. Haustiere sind nur noch für die schönen Gefühle da. Die Nützlichkeit, um derentwillen man sie einst wohl ausschließlich hielt, entfällt – zumindest in der Stadt.
Ich will diese Ausschließlichkeit (und wir sind immer noch bei Hund und Katze) aber auch für früher nicht gelten lassen; die Jagdhilfe des Hundes, die eigenständige Jagd der Katze – das war nicht alles, war es nie. Das Pferd trug nicht nur den Reiter, sondern auch dessen Liebe. Des Hundes angeborene Art läßt ihn diese lastende, manchmal gewalttätige Liebe des Menschen brauchen. Er muß sich unterwerfen, um zu überleben. Der Hund braucht auch die größere Pfote. Aber die Katze – womit wir bei unserem rätselhaften Wesen sind – was braucht eigentlich die Katze?

Ihren ersten Schritt auf uns zu wissen wir nicht zu imaginieren, geschweige denn zu datieren. Ihr unaufhaltsamer Aufstieg zur Göttin aber war damit ebenso programmiert wie der Abstieg in die Hölle, in die man sie in späteren Jahrhunderten gejagt hat. Der erste Schritt auf die Menschen zu – ich komme nicht davon los, ihn mir ausdenken zu wollen. Der Schritt von damals nämlich wiederholt sich immer wieder, jeden Tag, mit der gleichen Vorsicht und der gleichen Endgültigkeit.

Mino ist mir vor einigen Monaten, wie man so sagt, zugelaufen. Das ist ein falsches, weil tolpatschiges und vertrauensselig stimmendes Wort und paßt nicht zu einem Kater. Sagen wir also: Er hat eine Woche das Terrain erkundet, trotz seiner entsetzlichen Magerkeit sich immer wieder in unbekannte Rückzugsräume begeben, er hat das Futter geprüft und die anderen Katzen erschöpft und desinteressiert zur Kenntnis genommen.

Eines Nachts dann blieb er endgültig da;

mit seltsam lauten, auffordernden Schreien teilte er mir seine Entscheidung mit. Was er damit in Kauf nahm, schien er zu wissen, wobei ich nicht so weit gehe, ihm eine Vorahnung über Sinn und Folgen des sofortigen Tierarztbesuchs zuzutrauen. Die erste Woche war er schwach und müde. Mit steigendem Gewicht und wiederkehrender Munterkeit allerdings begann sein Kampf um die Quadratur des Kreises, um die Freiheit in der Gefangenschaft. Ich denke, daß dies ein uralter Kampf ist, der von Anfang an das Verhältnis zwischen Mensch und Katze unter Spannung gehalten hat. Denn wir? Was ist mit uns? Wieviel Freiheit nehmen wir uns in unseren vielfältigen Gefangenschaften?

Mein Sofa und meine Nerven gingen jedenfalls gleichzeitig in Fetzen. Jetzt kommt er und geht, er ist bei mir und doch nicht. Er frißt hier, das ja, und nicht zu knapp, und der Anblick seiner Schönheit, seines silbergrauen, großen, muskulösen Katerleibs soll mich dafür entschädigen, daß er darüber hinaus nur das tut, wozu er Lust hat. Dabei könnte seine Eigenwilligkeit Ressentiments wecken, immer schon gab es die in bezug auf Katzen; das schaudernde Interesse, das man Revolutionären oder großen Gangstern entgegenbringt, haben auch sie zu spüren bekommen.

Aus dem Tier, das sich wahrscheinlich nur deshalb den Menschen genähert hat, weil es die Wärme und den Luxus liebt, wurde andererseits bei den Ägyptern die hinlänglich bekannte Göttin. Das müssen kultivierte Leute gewesen sein, und Vergleiche erübrigen sich, weil keine der Voraussetzungen mehr erhalten ist, die einst für Respekt und Verehrung vor dem Fremden gesorgt haben. Wir haben gründlich verlernt, die Magie des Unbekannten wahrzunehmen und zu achten, wir sezieren die Dinge solange, bis wir alles über alles wissen und vom Gegenstand unseres Interesses nicht mehr viel da ist.

Wie springen Katzen? Wie machen sie's, sich über weite Strecken einen Weg zu einem bekannten Ort zu suchen? Wie viele Katzen mußten sterben, damit irgendein wißbegieriger Mensch herausbekam, daß er nie so wird springen und auch nie so wird hören können? Ein Geheimnis, das ein Lebewesen mit sich herumzutragen scheint, machte es vor Jahrtausenden zum Gott. Heute muß es sein Geheimnis mit dem Leben bezahlen. Das ist der Fortschritt.

Der Kater sieht mir beim Schreiben zu und kreischt, weil er hinaus will, auf die Straße, in den Regen. Er wird sich durchsetzen. Was gehen ihn meine Ängste an, mein Zusammenzucken bei jedem Bremsgeräusch, was hat er damit zu schaffen? Er hat die Welt nicht so gemacht, wie sie ist, aber er und seine Kumpane haben erstaunlich gut gelernt, sich in ihr zurechtzufinden. Der Alltag fordert jedoch auch Opfer. Die holt morgens die Müllabfuhr, und dann kleben tagelang Zettelchen an den Bäumen: »Schwarzweißer Kater, kastriert, entlaufen, hört auf den Namen Paul . . .« Und nach einer angemessenen Trauerzeit kommt ein neuer Paul oder Peter und versucht sein Glück mit der Welt und den Menschen.

Es gibt in Frankfurt Stadtviertel, da geht es fast zu wie im römischen Forum, und besorgte Tierschützerinnen fangen ein und sterilisieren und kastrieren, was das Zeug hält, und das ist ja auch gut so. Aber immer wieder wird uns eine dürre, triumphierende Kätzin irgendwo begegnen, die stolz einen

Zug Kleine anführt, die sie solange listig irgendwo verborgen gehalten hat, bis nun wirklich niemand mehr auf die Idee kommen mag, dem gerade begonnenen Leben ein Ende zu setzen. Und dann geht die Sucherei wieder los, nach Planstellen, nach einem verläßlichen Platz im bürgerlichen Leben, denn was bleibt uns (und ihnen) schon anderes übrig? Die wahren Haudegen sind selten geworden, und jene Freibeuterinnen, die im Dschungel der Städte leben und trotz allem immer wieder werfen, gibt es, man muß wohl sagen, Gott sei Dank, auch nicht mehr so oft.

Die Unordnung wird gewissen Regeln unterworfen; die Wildlinge in besagten Vierteln sind alle sterilisiert und geimpft. An jenem grauen Kater, der bei mir lebt, sehe ich allerdings, daß es ihn nur bedingt beeindruckt, das mit der Ordnung. Und selbst jene, die sich ergeben haben und allabendlich ihr Futter wie in der Werbung mit Petersilie garniert zu sich nehmen, oder die, die nur Brathähnchen oder nur Shrimps essen, jene, die aussehen wie Sofarollen und lediglich eine Schnurrmaschine für einen einsamen Menschen sind – auch sie, auch sie haben die wilden Träume und das Kinnzittern, wenn sie den Flug eines Vogels beobachten. Sieben Jahre hatte der fette Kater einer Freundin gebraucht, um herauszufinden, wie das Törchen des Vogelkäfigs aufgeht. Dann wußte er es.

Und trotz allem, was aufzugeben war und ist – Katzen sind so angenehme Lebensgefährten. Sie wissen das sicher längst, sonst hätten Sie ja gar nicht bis hierher gelesen. Der Hund lernt vom Menschen, sagt man. Der Mensch, wenn er Verstand hat, lernt von der Katze. Geduld und Lob der Langeweile, Faulheit und hingebungsvolle Körperpflege, der gelassene Wechsel vom Spiel zum Schlaf, von größter Anspannung zur vollkommenen Entspannung: Das alles können sie uns zeigen, wenn wir hinschauen.

Sie können uns auch die Stadt zeigen. Da sind zum Beispiel noch ein paar Grundstücke, Ruinen und Keller, ein paar ver-

schlampte Hinterhöfe oder leere Geräteschuppen, einige wenige ungestörte und ungeglättete Orte sind da noch, die beherbergen Maus und Katze, Igel und Engerling. Die Räume werden gemeinsam von denen, die fressen, wie von denen, die gefressen werden, gebraucht. Wir sollten uns da nicht immer einmischen, dabei kommt, wie wir wissen, schon lange nichts Gutes heraus.
Eingefangen sind sie ansonsten oft genug. Im doppelten Sinn. Tierfutter – Körbchen – Kratzbaum: Die Glücksindustrie für Tiere ist ein beachtlicher Wirtschaftsfaktor geworden, der Markt wird von einem Branchenriesen beherrscht, suchterzeugende Stoffe würden unter das Futter gemischt, munkelt man. Das glaube ich nicht; eine Katze, die sich langweilt, wird von ganz allein verfressen. Dennoch, der agile Graue akzeptiert nur jene gewisse, bekannte Verpflegung. Daß er damit zu einem beachtlichen Umsatz beiträgt, ahnt er nicht, vielleicht fände er es auch seiner Bedeutung ganz angemessen, denn Selbstwertgefühl scheint eine der wesentlich-

sten Katzeneigenschaften zu sein. Wenn ich ihn anschaue: wie er immer die vorteilhafteste Haltung einnimmt, den Schwanz aufs anmutigste zu wahren Arabesken arrangiert. Was wissen sie über sich selber? Diese Frage stellt nur die Liebe. Was wissen sie über uns? Da kann man manchmal unsicher werden! Sie waren immer die Lieblingstiere jener grüblerischen Zunft der Philosophen, Poeten und Denker. Am zärtlichsten hat das wohl E. T. A. Hoffmann bewiesen, als er nach dem Tode seines Katers eine Depesche an seine Freunde versandte, man möge ihn in den nächsten Wochen nicht zum Trinken verführen; er trauere und wolle das nüchtern tun – welch ein Opfer. Der spintisierende Dichter wußte, was er verloren hatte: eine Katze, die beschloß, sein Gefährte zu sein, und unersetzlich war. Warum nur fällt die Liebe zu einer Schildkröte oder einem Papageien, dem Menschen in der Lebensspanne ähnlich oder sogar überlegen, so viel schwerer als die Liebe zur Katze, von der wir mit Sicherheit irgendwann Abschied nehmen müssen?

Man erinnert sich noch an das rattenartige, handgroße Wesen, das man vor gar nicht langer Zeit irgendwo fand, an die Spiele mit zusammengerollten Socken und Flaschenkorken – und plötzlich legt einem eine schwere, gefleckte Katze ihre Pfote auf die Hand, ihre Augen sind aufmerksam, aber schon ein bißchen milchig. Ist das schon so lang her? Wir sind fünfzehn oder sechzehn Jahre älter geworden und haben ein winziges Ding zur Greisin werden sehen. Jetzt, wo wir jede ihrer Bewegungen, alle Lieblingsplätze und die Art, wie sie den Kopf an unserem Kinn reibt, kennen, verläßt sie uns unwiderruflich.

Und doch – eines Tages ist wieder so ein rattenkleines Jungtier da, oder ein verletztes hat unseren Garten gefunden, oder jemand kriegt seinen Kätzchenwurf nicht los, oder das Tierheim platzt aus den Nähten: Irgendwie beginnt wieder etwas, niemals das gleiche. Das muß man wissen. Jede, die ich kannte, war anders und ganz sie selbst. Keine kann ich vergessen.

Fortsetzung

An dem Morgen, als die Geschichte über den grauen Kater – nein, eigentlich war es ja eine Geschichte über die Katzen in der Stadt, und der graue Kater nur ein besonders mächtiger und auffallender Vertreter – als diese Geschichte, will ich sagen, in der Zeitung stand, klingelte das Telefon.
Ich lese grade Ihre Geschichte! sagte eine weibliche Stimme, und, sagte sie, ich möchte mir diesen Kater anschauen.
So eindringlich, dachte ich geschmeichelt, so über die Maßen anziehend habe ich diesen Terroristen, diesen Schlafzerstörer und Vielfraß geschildert, daß er jetzt schon angeschaut werden soll wie ein Filmstar!
Aber die Dame hatte noch nicht zu Ende geredet. Ich glaube, sagte sie, daß es sich bei dem Kater, den Sie beschreiben, um meinen Nathan handelt. Nathan der Graue, wissen Sie. Er ist seit einem Jahr weg.
Das, was ich hier erzähle, dürfte man in der Literatur nicht vorkommen lassen – nur die

Wirklichkeit kann es sich leisten, derart unglaubwürdig zu sein. Am gleichen Tag noch kam die Anruferin. Ich hatte den Freiheitshelden und Brüllaffen, dessen Namen ich jetzt vielleicht wußte, eingesperrt, damit er sichtbar wäre und nicht aus den umliegenden Büros und Wohnungen oder von hohen Gerüsten geklaubt werden müßte.

Sie kam also. Zu meiner Wohnung, ja, das will jetzt genau erzählt sein, führt von der Hauseingangstür ein Steintreppchen. Die Dame stand also unten an der kleinen Treppe, der Kater, inzwischen wieder mächtig, glatt und schön geworden, ein Brustkasten wie eine Trommel und ein Fell wie ein Tibeterteppich, alles kein Wunder bei den Futtermengen, die ich ihm, ohne je ein Wörtchen des Dankes zu hören, herbeigeschafft hatte – er stand also oben an der Treppe.

Und er, der unzärtlichste aller Kater, der sich nur ungnädig und selten hatte streicheln lassen und lediglich auf seine Schönheit vertraute – er, dieser Egozentriker und Verächter, stieß einen seltsamen, heiseren Schrei

aus und warf sich der unbeweglich dastehenden Dame auf die Füße.
Sie heulte. Ich heulte auch, teils aus begreiflicher Rührung, teils aber auch aus Erleichterung, denn diesem Tier war ich nicht gewachsen gewesen.
Der Kater heulte nicht und war nach diesem Ausbruch gleichmütig wie zuvor. Also, es war klar: Es war Nathan, seit einem Jahr abgängig, ein halbes Jahr bei mir: Was aber war in der Zwischenzeit?
Angekommen war er, wir erinnern uns, mager und krank, verletzt, aber nicht demütig, oh nein, er nicht. Nun, nach langen Gesprächen, Überlegungen und Erzählungen seiner früheren Heldentaten – er war im Westend ein bekannter Kneipengänger und Witwentröster gewesen und einmal sogar mit einem diamantbesetzten Halsband zweifelhafter Herkunft nach Hause gekommen – nach Stunden auch der Sympathieentfaltung zwischen zwei professionellen Katzenliebhaberinnen – gab es ein Problem. Nein, nicht von Nathans Seite: Der hatte sich – wir sprachen

ja von ihm und da wollte er nichts verpassen – friedlich im Wohnzimmer niedergelassen und nur kurz meiner Katze Lulu eine gelangt, die voller Hoffnung, daß dieses Untier wohl endlich wieder dahin verschwinden würde, wo es hergekommen war, auch zuhören wollte – aber seine vorherige Ernährerin hatte die Maler in der Wohnung und wollte den Kater erst dann holen, wenn der letzte Handwerker die Wohnung verlassen haben würde und Ruhe eingekehrt sei.
Irgendwie paßte das zu ihm, daß seinetwegen extra die Wohnung gemacht wurde.
Das geht klar, sagte ich, nun habe ich ihn ein halbes Jahr ertragen, da gehts auch noch die drei Tage.
Er hat mir die Trennung nicht leichtgemacht.
In den letzten Tagen zeigte er diesen nachlässigen Charme, die unverhofft zubeißende Zärtlichkeit und lang sich hinstreckende Schnurrigkeit, die uns schwach macht, nicht nur bei Katern.
Dann kam die Dame, die ihn heimholen wollte, und sie kam mit einem Korb von eher

bescheidenen Ausmaßen. Ich hatte den Kater schon seit Stunden eingesperrt gehabt, kein Fenster, keine Tür stand offen.
Da wir beide, sie und ich, aus langer Erfahrung wußten, was es heißt, eine Katze, die dies nicht wünscht, in einen Korb zu verpakken, stellten wir das Problem zurück und den Korb ab und unterhielten uns eine geraume Zeit über das unerschöpfliche Thema.
Irgendwann aber sagten wir seufzend, nun sei es an der Zeit, es helfe ja alles nichts, und machten uns auf die Suche nach dem sicher eingesperrten Kater Nathan. Er war nicht mehr da. So groß ist meine Wohnung nicht, aber groß genug mit vielen Winkeln und Regalen, Ecken und Schränken – und alle, alle Verstecke haben wir durchsucht, methodisch, in langen Katzenjahren geschult.
Wir fanden ihn. Nach anderthalb Stunden. Er lag in dem abgestellten Transportkorb, dem einzigen Ort, der uns des Nachschauens nicht wert gewesen war.
Zur Zeit, höre ich, lebt er im Konkubinat mit einer Siamesin aus der Nachbarschaft.

Galerie der Katzen

Eigentlich hatte ich die Absicht, eine hochelegante Geschichte über zwei Kater zu schreiben, die Fortuny und Fabergé heißen und Inhaber eines Partyservice sein sollten. Aber immer wieder drängten sich die wirklichen Katzen meines Lebens in meinen Text, und die waren und sind weder hochelegant, noch wären sie literarisch brauchbar, schon gar nicht in Verbindung mit einem Partyservice.

Meine erste Katze hieß Fräulein Doktor Christlieb (nach meinem Großvater, bei dem wir damals lebten und der sich nicht viel aus ihr machte), ich war etwa vier Jahre alt und nannte sie Maunzi. Katzen können mit Kindern nicht viel anfangen (es gibt Ausnahmen) – im allgemeinen aber gehen Katzen Kindern nicht so auf den Leim, wie es Hunde tun. Katzen beherrschen alle

Tricks, mit denen auch Kinder arbeiten, deshalb fühlen sich Kinder von Katzen gelegentlich durchschaut, und das mag niemand. Wenn mir jetzt einer mit den Katzen im Puppenwagen kommt, Decke drüber und Häubchen auf – war das nicht niedlich? –, kann ich nur sagen, daß sich keine Katze dadurch gedemütigt fühlt – entweder ist sie von Natur aus so faul, daß sie die Haube für die warm verpackte Spazierfahrt in Kauf nimmt – Güterabwägung, darin sind sie groß, kein Tier kann so genau das Gleichgewicht zwischen Geben und Nehmen halten wie die Katze – oder es kommt einfach nicht zur Puppenspielerei. Drei ausgewachsene Männer können eine Katze nicht in einen Puppenwagen bringen, wenn sie nicht will. Also Maunzi: Ich war ein von Erwachsenen umstelltes Einzelkind mit allen Verhaltensweisen, die sich als brauchbar erwiesen hatten, und das Tier kriegte das ziemlich schnell spitz. Wir waren keine Verbündeten, sondern Konkurrenten. Irgendwann – es war noch in der »schlechten Zeit«, Lebensmittelmarken und Sardellenpaste samt Malzkaffee, aber so schlimm war es bei uns zu Hause nicht, und gefeiert wurde ganz ordentlich; wenn ich mich recht erinnere, hatte Fräulein Doktor Christlieb eine Platte mit Häppchen abgeleert und dann kam sie aus dem Haus, zu netten Leuten, wie man mir versicherte. Ich kannte die Leute, ob sie wirklich nett waren, weiß ich nicht, aber sie pflegten Fräulein Doktor Christlieb Postkarten aus dem Urlaub zu schicken, konnten also so übel nicht sein. Ich war wieder konkurrenzlos und vermißte Maunzi furchtbar.

Später lernt man dann, mit dem Schmerz umzugehen, wenn sie einen verlassen. Insofern war die Entrückung der Katze Maunzi noch gnädig, sie bekam dadurch eine Art ewiges Leben und ist tatsächlich, glaube ich, sehr alt geworden.

An meinem zehnten Geburtstag, das war schon in Frankfurt, sah als große Überraschung ein rattendünner dunkler Schwanz mit einem kleinen Knick unter der Heizung hervor, daran hing ein sehr kleiner Kater mit blauen Augen, Angkor. Er hatte die unglaublichsten Augen, die ich je gesehen habe, und er ist mit mir erwachsen geworden. Die entscheidenden Jahre, die man mittendrin natürlich nicht zur Kenntnis nimmt, weil einen jeder Erwachsene damit nervt, daß er sagt, das seien die entscheidenden Jahre, die zwischen zehn und achtzehn, habe ich mit ihm verbracht, mit diesem liebenswürdigen siamesischen Schreihals. Ich führte ihn an der Leine, wir fuhren mit ihm in Urlaub, wir zogen zweimal mit ihm um; als ich sitzengeblieben war, heulte ich ihm zornig ins Fell, und er heulte mit. Eigentlich war er immer dabei, und einmal brach ihm ein Junge unabsichtlich beim Spielen ein Bein. Er sei nicht zu retten, meinte ein Idiot von Tierarzt. Mein Vater schiente ihn mit einem Schullineal. Er hinkte später nicht einmal.

Es ist ja viel Schmeichelhaftes über Katzenhalter und ihre besondere psychische Feinfädigkeit geschrieben worden, und ich glaube nicht einmal einen Bruchteil davon. Wir Menschen neigen dazu, für jede Annehmlichkeit, die wir uns gönnen, eine schwergeistige Erklärung zu konstruieren, auch wenn die Annehmlichkeit vier Beine hat und ihre Befindlichkeit der unseren oft über Gebühr anpassen muß.

Ob der Kater, mein Jugendkater, mein Freund, Tröster und nun doch Verbündeter gegen den widerwärtigen Pragmatismus der Erwachsenen, sein Leben genossen hat, ob es nach ihm eingerichtet war oder vielleicht doch nach uns? Ich habe damals darüber nicht nachgedacht. Es ging ihm ja, verglichen mit anderen menschennahen Tieren, sehr gut. Und er hatte die Menschenliebe, jenes, wie wir immer noch meinen, kostbarste zu vergebende Geschenk. Wie viele Jahre ich das geglaubt habe!

Ich stand kurz vor dem Abitur, als der Kater krank wurde. Ausgerechnet eines seiner wunderschönen Augen verlor die Farbe, schwoll an, es mußte operiert werden. Alles, was damals möglich war, wurde für ihn getan, aber er überlebte die Narkose nicht. Wir haben ihn im Garten begraben, im Garten des neuen Hauses. Die Kindheit war vorbei.

In einem jener nichtswürdigen Tierläden sahen wir, mein Vater und ich, ein undefinierbares Wesen. Es saß in einem Vogelkäfig, hatte einen aufgetriebenen Bauch und streichholzdünne Beine, auf denen es nicht stehen konnte, ebenfalls blaue Augen und war, behauptete der Verkäufer, ein Siamese von Geblüt. Mein Vater, der in solchen Fällen kein friedfertiger Mensch war, brachte den Verkäufer zum Erbleichen, und wir nahmen das Ding mit nach Haus, wo indessen

schon zwei andere, durchaus ausgewachsene Katzen jener Art wohnten.
Wir haben einander immer versichert, daß uns die sogenannte Rasse einer Katze vollständig egal sei, und daß wir – meine Eltern – immer wieder bei Siamesen gelandet sind, liegt vielleicht an einer gewissen Schuldbewußtheit den Katzen als solchen gegenüber: Die Siamesen sind ein strenges Glück. Man muß gute Nerven haben, und sie lassen einem wenig durchgehen. Sie sind Katzen, denen man dient und damit ein wenig von der uralten Schuld des Menschen den Tieren gegenüber abträgt. Amu und Michi waren also schon im Haus, Nachfolger des unvergeßlichen Katers Angkor. In zwei, dachten wir, wird die Liebe ökonomischer und weniger schmerzlich investiert. Wie wir uns irrten!
Und nun noch jenes arme, fast ausgelöschte Stückchen Elend, das ich mit nach Mainz, wo ich studierte, nahm, auf daß es von den älteren Katzen nicht versehentlich gefressen werde.

Das Leben geht weiter, oh banalster aller Sätze: Und doch ging das Leben mit jenem Katerchen, für den kein Tierarzt auch nur einen Pfifferling geben wollte, weiter.
Ich wohnte damals in einem neun Quadratmeter großen Zimmer im sechsten Stock eines alten Hauses, das genügte für den lebenssüchtigen Kater, der laufen lernen mußte wie ein Kind und den ich jede Stunde fütterte. In einem viereckigen Deckelkorb reiste er mit zur Universität, er hörte Hegel und Nicolai Hartmanns Ethik, Kafka, Benn und die althochdeutschen Übungen, die allerdings selten, da wir sie oft verschliefen.
Weil ich mich nicht traute, ihn mit dem Namen des von mir angebeteten Knaben zu rufen, nannte ich ihn Thymian, das klang so ähnlich. Mit seinem Gesundheitszustand besserte sich auch sein Appetit, aber für diesen Kater hätten wir alle gehungert und gestohlen: Lilo, meine Freundin, die in der nächsten Dachkammer wohnte, Klaus, Ulrich, vielleicht sogar Berthold. Nein, der nicht, obwohl ich nie wieder ein charman-

teres und fröhlicheres Tier getroffen habe als Thymi, der wegen unserer gemeinsam verbrachten unschuldigen Bohemezeiten immer ein bißchen mein Kater blieb.
Nachdem er erwachsen, wehrhaft und ein richtiger Kater geworden war, viele Feste mitgefeiert und mehrere Scheine in expressionistischer Lyrik, Mittelhochdeutsch und Ethik erworben hatte, lebte er bei meinen Eltern und den beiden anderen Katzen, und meine Mutter pflegte die düsteren Prophezeiungen der Tierärzte, dieses Tier werde nie normal laufen lernen, fröhlich zu bestätigen, indem sie sagte, der Kater könne fliegen.
Immer höher und dichter wurde unser Gartenzaun, immer erfinderischer der Kater, was die Überwindung aller Hindernisse betraf.
Ihr Kater sitzt auf unserem Hühnerhaus! sagten vorwurfsvolle Stimmen am Telefon, oder: Ihr Kater ist bei unseren Tauben!
Thymi, seine schwere Kindheit hatte ihn nicht mißtrauisch oder misanthropisch gemacht, Thymi war der freundlichste und heiterste Kater, den es gab. Er überlebte

Amu und Michi und wurde fast dreiundzwanzig Jahre alt. Seine letzten Jahre verschonten ihn nicht mit den Schwierigkeiten des Alters, er sah aus wie E. T., war taub und steifbeinig, aber er schien auch an diesem reduzierten Leben eine entschlossene Freude zu empfinden.

Als er starb, hatte sich in der hinteren Gartenecke schon ein kleines Friedhöfchen angesiedelt, das bleibt im Lauf der Jahre nicht aus. Denn ich hatte in der Zwischenzeit nicht mehr mit den elterlichen Katzen mein Leben geteilt, sondern eigene, das ist ja ganz normal. Da waren Jule und Bümsi, eine gescheckt, die andere schwarz, aus der Gärtnerei nebenan als zehnwöchige Kätzchen mitgenommen und in die erste eigene Wohnung gebracht, jetzt war ich also verheiratet und hatte zwei eigene Katzen. Immerhin konnten sie trotz der revolutionären Zeiten ein recht konservatives Leben führen, mit regelmäßigem Futter und sauberer Kiste, Ausflüge aufs Dach gaben eine kleine Ahnung von Freiheit.

In der Rückschau glaube ich, daß wir damals alle nur Ausflüge aufs Dach gemacht haben, aber hinterher ist leicht reden. Dann, eines Tages, bat uns die Mutter eines Freundes, ihre kleine Katze in Pflege zu nehmen. Sie hatte sie während eines Skiurlaubs gefunden, im Schnee ausgesetzt, und nun wollte sie wieder in Urlaub fahren.
Wenn zwei Menschen und zwei Katzen auf siebenundvierzig Quadratmetern leben können, geht das auch mit drei Katzen, außerdem war in diesen goldenen Zeiten (katzengold, aber auch das wußten wir erst später!) die gegenseitige Hilfsbereitschaft ziemlich ausgeprägt. Wir holten also diese Katze samt Zubehör, erfuhren, daß sie Nofretete heiße, und verfielen ihr vom ersten Tag an. Den prätentiösen Namen halbierten wir erst einmal, Tete war's egal, sie verstand sich mit den anderen beiden, sie verstand sich mit allen, mit der ganzen Welt. Sie hätte ein Krokodil oder den Chef der Deutschen Bank zum Lächeln bringen können.
Erbitterte Katzenhasser legten sich auf den

Boden, um ihr nah zu sein, jene Genossen, die das Haustier als solches wegen der verhungernden Kinder in der Dritten Welt oder wegen der damit verbundenen seelischen Schlamperei ablehnten, bekamen einen völlig unmarxistischen Blick in die Augen, wenn sie unsere Tete sahen oder gar von ihr durch Kopfreiben begrüßt wurden. In einer Erzählung von Robert Musil, in der *Portugiesin*, stellt der Dichter die nur scheinbar blasphemische Frage, ob denn nicht Gott, wenn er denn schon als Mensch sich manifestiert habe, sich nicht auch als Katze (vielleicht sogar glaubwürdiger) ins irdische Leben begeben könne? Wer unsere Katze Tete kannte, fand dieses Gedankenspiel nicht mehr abwegig.

»Unsere« Katze: Wir hatten einige Wochen den Termin verdrängt, an dem die wahre Besitzerin wiederkommen würde. Reiner war damals grade Rechtsreferendar, und nur so ist es zu erklären, daß er auf eine besorgte Frage von mir kurz und bündig erklärte: »Sie soll sie herausklagen!«

Es ging dann weniger martialisch über die Bühne, denn die Besitzerin gestand uns, daß sie die Katze, wenn sie zur Arbeit ging, immer ins Badezimmer sperrte, damit sie nichts kaputtmachen könnte. Nun war auch ich finster entschlossen, den Rechts- oder Unrechtsweg zu beschreiten, egal – sie gab sie uns dann freiwillig, mit einiger Erleichterung sogar. Nun waren es drei, und mehr sollten es nicht werden, trotz vieler vorübergehend aufgenommener Sozialfälle, verlassene, weggeworfene, verletzte Katzen, wie es halt so kommt. Tete behielt ihr Wesen. Reiner und ich trennten uns, aber die Katzen (er soll sie nur rausklagen!!) blieben bei mir. Ich zog in eine andere Wohnung (noch heute erzählen Menschen, die das beobachtet haben, von dem erbarmungswürdigen Anblick einer Frau mit drei Körben in den Händen, aus denen es jämmerlich plärrte) – nur Tete plärrte nicht, sie war auch die einzige Katze, die ich kannte, die gern Auto fuhr. Die neue Wohnung war in jeder Hinsicht neu: Sie hatte einen Garten. Zum er-

stenmal konnten die drei raus, und ich verlor erst spät die Angst vor den Gefahren der Freiheit. Ganz habe ich sie übrigens bis zum heutigen Tag nicht verloren, aber ich würde nie wieder eine Katze einsperren, wenn die Umstände es nicht wirklich erzwingen.
Grade gestern ist der Kater Fritz, ein jetziger Bewohner meines Lebens, nach Hause gekommen und sah sich gar nicht mehr ähnlich, gesenkt die Ohren, sein beträchtlicher weißer Bauch verdreckt, der Hals zerbissen, im Blick die Trübheit des Unterlegenen.
Aber da muß er durch und ich auch, schließlich kriegt er sein Futter auch nicht mit Petersilie garniert. Es sind vier, mittlerweile.
Von den Katzen der jungen Jahre lebt keine mehr, und die erste, die ich verlor, war Tete.
Ich habe sie noch gar nicht beschrieben: Sie war wohl eine Karthäuserin, rund und silbergrau, mit dicken Bäckchen und kurzen, stämmigen Beinen. Sie konnte schnurren wie ein Trafohäuschen und bei Liebeskummer trösten, wie der beste Psychologe es nicht kann. Als ich die Geschwulst bei ihr

fühlte, nahm ich einen sinnlosen Kampf auf, Operationen, Spritzen, diese ganze traurige Technikinszenierung, die wir denen angedeihen lassen, welche wir angeblich am meisten lieben.

Damals, als es dann vorbei war, dachte ich zum erstenmal, daß vielleicht nicht diese selbstsüchtige und fordernde Liebe so heiliggesprochen werden sollte, sondern daß der Respekt auch einen Platz braucht, sogar einen großen, in der Beziehung zwischen Mensch und Tier.

Ich habe danach, trotz aller Trauer, nie mehr eine Katze zum Leben um jeden Preis gezwungen. Mit den Abschieden leben zu lernen, war nicht leicht und ist es auch jetzt nicht, wenn ich auch nie mehr einen so verzweifelten und wütenden Schmerz dabei empfunden habe wie bei Tete. Sie hat mir zum Schluß alles verziehen, was ich ihr angetan hatte – so freundlich war sie. Die beiden anderen, denen ich hier nicht gerecht werde, weil Gerechtigkeit bei der Galerie der Tiere nicht erreichbar und auch nicht notwendig ist, lebten weiter bei mir, wurden älter, machten, daß ich mich nie allein gefühlt habe. Als Jule dann allein übriggeblieben war, fing für sie das Leben offenbar erst an. Sie, die eine langsame war und kein besonders bemerkenswertes Tier – verzeih mir, Jule, das ist unverschämt, aber so schien es mir damals in meiner Liebesverbohrtheit –, wurde zur nettesten alten Katze, die man sich denken kann. Sie hatte sich zeitlebens aus ihren Mitkatzen nichts gemacht und war nur zu freundlich gewesen, um es deutlich zu sagen. Jule ist siebzehn Jahre alt geworden. Damals, übrigens, lebte der Katzengreis Thymi noch lange, all die später Geborenen sind ihm vorausgegangen. Ohne Katzen ging es nicht, und wie mit Angkor die Kindheit zu Ende war, hatte Jules Tod auch eine Kerbe in mein Leben geritzt, doch, das tat schon weh. Aber es findet sich ja immer wieder etwas, wie gesagt, es sind vier, Charlie, die mißtrauische Zähe, die sich mit der Liebe gar nicht aufhält, weil sie nicht an sie glaubt, ihre Tochter Liesel, eine schöne, schrägäugige Pragmatikerin, die für ein weiches warmes Bett auch etwas Gestreichel zu dulden bereit ist, Fritz, der schon genannte, ihr Sohn – ein typisches Mamakind –, und Lulu, die aus dem Tierheim kommt und von der ich gottlob keine Ahnung habe, wie alt sie ist. Was mich mit ihr verbindet, beschreibe ich hier nicht, ich bin abergläubisch. Ja, so sind sie gewesen, die Katzen, die mit mir gelebt haben. Keine soll vergessen sein. Keine glich der anderen. »Ihre Seelen sind eingebunden in das Bündelein der Lebenden.«

Nachweise

Einfach als Katze
Erschienen in: *Meine Katze. Mit Texten von Eva Demski, Günter Kunert, Alexander Schmitz*

Aus meiner Katze ist die Mordlust gewichen
Erstdruck.

Emma
Erschienen in: *Nenne deinen lieben Namen den du mir so lang verborgen. Schriftsteller über Vornamen.* Herausgegeben von Hanne Kulessa

Das Märchen vom Kater mit der goldenen Pfote
Erschienen in: *Von Katzen & Menschen.* Herausgegeben von Julia Bachstein

An Lulu
Erstdruck.

Nathan oder Der verlorene Sohn
Erschienen in: *Frankfurter Rundschau* am 24. Oktober 1987
Fortsetzung: Erstdruck.

Galerie der Katzen
Erstdruck.